KB076114

꽃 밟을 일을 근심하다

꽃 밟을 일을 근심하다

장석남 시집

창비

차
례

제1부

소풍

소풍

소매 끝으로 나비를 날리며 걸어갔지
바위 살림에 귀화(歸化)를 청해보다 돌아왔지
답은 더디고
아래위 옷깃마다 묻은 초록은 무거워 쉬엄쉬엄 왔지
푸른 바위에 허기져 돌아왔지
답은 더디고

불멸

나는 긴 비문(碑文)을 쓰려 해, 읽으면
갈잎 소리 나는 말로 쓰려 해
사나운 눈보라가 읽느라 지쳐 비스듬하도록,
굶어 쓰러져 잠들도록,
긴 행장(行狀)을 남기려 해
사철 바람이 오가며 외울 거야
마침내는 전문을 모두 제 살에 옮겨 새기고 춤출 거야

꽃으로 낯을 씻고 나와 나는 매해 봄내 비문을 읽을 거야
미나리를 먹고 나와 읽을 거야

나는 가장 단단한 돌을 골라 나를 새기려 해
꽃 흔한 철을 골라 꽃을 문질러 새기려 해
이웃의 남는 웃음이나 빌려다가 펼쳐 새기려 해
나는 나를 그렇게 기릴 거야
그렇게라도 기릴 거야

입춘 부근

끓인 밥을
창가 식탁에 퍼다놓고
커튼을 내리고
달그락거리니
침침해진 벽
문득 다가서며
밥 먹는가,
앉아 쉬던 기러기들 쫓는다

오는 봄
꽃 밟을 일을 근심한다
발이 땅에 닿아야만 하니까

파란 돛

바다는
어디서부터 가져온 파도를 해변에, 하나의 사소한 소멸
로써
부려놓는 것일까
누군가의 내부를 향한 응시를
이 세계의 경계에 부려놓는 것일까

바다는 질문만으로 살아오르고
함성을 감춘 질문인 채 그대로 내려앉는다
우리는 천상 돛을 하나 가져야겠기에
쉬지 않고 사랑을 하여
파란 돛을 얻는다

여행의 메모

이 여행은 순전히
나의 발자국을 보려는 것
걷는 길에 따라 달라지는
그 깊이
끌림의 길이
흐릿한 경계선에서 발생하는
어떤 멜로디
나의 걸음이 더 낮아지기 전에
걸어서, 들려오는 소리를
올올이 들어보려는 것
모래와 진흙, 아스팔트, 자갈과 바위
낙엽의 길
거기에서의 어느 하모니
나의 걸음이 다 사그라지기 전에
또렷이 보아야만 하는 공부
저물녘의 긴 그림자 같은 경전
오래전부터 있어왔던
끝없는 소멸을
보려는 것

이번의 간단한
나의 여행은,

모닥불

한 처녀를 안고서
달리아 꽃을 낳던 여름날을 회상하면서
모닥불을 피운다
숨죽여 옮겨붙는
섬과 허벅지, 새들의 지저귐
천둥소리를 잡으러 가는 사냥꾼처럼
자꾸만 헛기침을 만들어 모닥불에 바친다
커지려는 불을 다독이는 것이
일생의 공부가 되리라 이내
밤은 너무 큰 어둠을 가져온다

모닥불에서

나의 춤은 작고
말을 참듯 둥글지

　─춤아 나를 업어다오
　─무겁지 않아
　─말을 튼 듯 가볍지

근데 네 신발이 너무 크군
벗을 수 있을까?

　─춤아
　─어, 어디 갔어?
　─어,

나의 리듬은 옅고
말을 잃은 듯 맑아라

빗소리 곁에

1
빗소리 곁에
애인을 두고 또
그 곁에 나를 두었다

2
빗소리 저편에
애인이 어둡고
새삼새삼 빗소리 피어오르고

3
빗소리 곁에
나는 누워서
빗소리 위에다 발을 올리고
베개도 자꾸만 고쳐서 베고

4
빗소리 바깥에
빗소리를 두르고

나는 누웠고
빗소리 안에다 우리 둘은
숨결을 두르고

수집가

나는 밤을 모으죠
오래전부터
하나 쓸 만한 밤은 드물어요
대개 버려지죠
숲속의 인형처럼
낮도 모아보았죠
다 버렸죠
도로의 신발처럼
없었죠
집으로 가져갈 만한 게

수집가로서
재능 부족이죠
수장고도 너무 작고요
그래도 수집은 계속될 거예요
알려주세요
사랑과 일
노래와 분노
쓸 만한 것

여기 있노라

하여 나의 수장고엔
꽃이 가득해요
빛과 어둠만이 넘쳐요
바람이 흘러가요
낮은 노래처럼

소나기 오는 날

날이 뜨겁던 이유를 서로 풀어놓으니
스물 안팎 친구에게 그런 이유란 없다 하고
노인은 비가 오려 그랬다 하네

나비는 꽃을 부지런히 순회하던가?
꽃은 나비를 야단쳐서 보내던가?

비는 여러가지 얘기를 한꺼번에 쏟다가
아무 귀담아들을 얘기는 없다고
웃고는 가네

뉘우침 후처럼
맑고 서늘한 길가 바위
놓여 있네

꽃집에서

나는 꽃이 되어서 꽃집으로 들어가 꽃들 속에 섞여서 오가는 사람들을 맞고 오가는 사람들로 시들어, 시들어

나는 빛이 되어서 어둠으로 들어가 어둠속에 숨어서 오가는 숨결들을 비추고 오가는 숨결들로 시들어, 시들어

나는 노래가 되어서 빛나는 입술로 들어가 가슴에 잠겨서 피어나는 꿈들을 적시다가 오가는 꿈들로 시들어, 시들어

꽃집이여
꽃집이여
혀와 입술을 파는 집이여
마른 혀와 마른 입술을 파는 집이여
나의 육체를 사다오
나의 육체를 팔아다오

꽃이 꽃을 지나

사루비아 활짝 피어 스스로 사루비아가 되어갈 때 달래
주어야만 해
전부가 영영 사루비아가 되지 않도록 쓰다듬고 다독여
주어야만 해
피골이 상접한 저녁노을이 아주 오기 전에

모든 꽃은 사막으로 가지만
쇠락하라 쇠락하라 가을볕
호흡마다 가쁜 색을 뱉지만
거기 보탤 내 하나의 죽음은 아직 미숙하니

피어나는 모든 꽃 앞을 지날 때마다
갈증의 문답을 한다네
꽃이 꽃을 지나 사막으로 가는구나
꽃이 꽃을 지나 풀벌레에게로 가는구나

동백의 일

아흔아홉개의 빛나는 잎으로는
아흔아홉의 눈 마주친 얼굴들을 비춰 감추어두네
또 아흔아홉의 그늘 쪽 검소한 잎에는
숨어서 볼 수밖에 없던 사람의 이목구비나 손의 맵시
들을,
연중 몇번 겨우겨우
짧은 햇볕 만나 젖듯 새기어두네
숨죽여 수년을 묵혀두면 그 내력 가장 가파른 순서가
생겨
꽃으로 차례차례 올려놓으니 그 빛깔이
정갈한 숯불 같을 수밖에는 없는 일
빽빽이 겹친 꽃잎의 메아리여
밖으로는 나오지 못하고
속으로 치솟아가는 메아리여
일생 사랑의 법칙이 그러하려니
한쪽 귀는 반드시 닫고서
그 곁에 앉아보네

꽃을 쓰는 노파여

현관에 벚꽃 잎들 날려오니 자주 와서 꽃을 쓰는 노파여
꽃을 쓸어 깨끗이 하려는가?
하늘을 쓰는 노파여
옛날을 쓰는 노파여
꽃 쓸어 감추는 노파여
얼결에 마침 노을도 쓸어내는 노파여
꽃을 쓸어 밤을 맞는 노파여
꽃에게 이기지 못할 노파여

낙엽 쓰는 노파여

11월의 아침을 쓰는 노파여
저녁을 쓰는 노파여
바람까지도 쓰는 노파여
낙엽을 이기려는가?
낙엽 쓰는 이 없는 그 어느날을 내게 주시려는가?
고요의 그 어느날을 어쩌시려는가?
나뭇가지 사이 젖어가는 하늘이나 한꺼번에 보이시려
는가?
어머니여,
비질 소리가 노래로다
서럽게 서럽게 멀어지는 노래로다

사랑에 대하여 말하여주세요

이 진부한 주제를 가지고 나의 시는 또 물으려 합니다 사랑에 대하여 말하여주세요 사람의 입술에서 사람의 귀로 오는 소리로 말하여주세요 분명한, 소리를 입은 언어로 말하여주세요

문법은 조금 어긋나도 괜찮아요 알아들을 수 있을 거예요 하나 감미롭지는 않아야 해요 감미로움이 늘 나를 속였지요 감미로움 속에 악마가 숨어 있기 일쑤였어요 내 아흔번째 사랑을 예로 들어보면 그녀는 불꽃이었는데 소리 나는 불꽃이었는데 탁탁 튀는 리듬이 계단을 이루다가 계단 꼭대기에서는 물오른 나뭇가지 잎사귀였다가 다시 그 끝은 큰 구름이었어요 나는 땀을 뻘뻘 흘리면서 거기까지 올라가 커다란 물항아리로 앉지요 그녀는 작약 같은 불꽃이었는데 말의 눈 같은 불꽃이었는데 그만 그 여러겹의 입술과 긴 눈썹의 눈을 감으면 나는 쏟아져 산산이 부서졌어요 고금의 시를 아무리 찾아보아도 또 이름 좀 있다는 이의 글을 찾아 읽어도 헤치고 씻어 읽어도 사랑은 말로 할 수 없다고 설명하거나 바람에 혹은 바위에 물으라 하죠 그것으로는 이제 속을 만큼 속았으니 사람의 말로, 감미롭지 않게 명확하게 얘기해주세요 그러면 꽃에게 바람에게도,

바위에게도 얘기해주겠어요 사랑에 대하여 누군가가 처
음 그리했듯이 얘기해주세요 찬밥이 남았으니 또 그것을
씹어 먹고 식후에도 물으려 해요 사랑에 대하여, 이 낡고
끈 풀린 주제에 대하여 말해달라고

오래된, 오래되었다는 고백
그에게 남은 말은 없고

서서히,
선반의 백자 항아리에 먼지가 앉듯이
말을 꺼내게 될 것인데
약간의 분홍빛이 섞인 억양으로

솟은 어깨에 펼쳐진 빛무리와
머릿결의 갑작스런 쏟아짐에 머물다가
종내 그에게 남는 말은 하나도 없이
나의 입술은 풀잎처럼 마르고
날고기처럼 피 흘리리

문을 얻다

명이 다한 헌 집에 쓸 만한 문이 하나 있다는 귀띔이 있
어 찾아갔더니
문이 살아 있다
떼어내 지고 나왔더니
등 위에서 문은 비단구름 무리가 되어
나를 데리고 다닌다

문을 내려놓지 못해 지고 다닌 지 오래
나는 아무 데나 문이 되어 서 있곤 하였다

문을 내려놓다

새로 짓는 집에
지고 다니던 문을 내려놓다

경첩을 달고 문을 맨다
수평자를 대고 문을 고친다

안팎으로 문은
사람과 사물을 가리지 않고
달과 바람을 가리지 않고
식욕과 성욕을, 짐승과 꽃을 가리지 않고
어둠과 빛을
놀람 없이 들이고 보낸다

가끔 문을 잠그고
적적한 어둠속에서
아이를 만든다

눈부심
입추에

저 먼동의 눈부심,
열서너살 이제 밥을 생각으로 바꾸기 시작하는 눈부심,
꽃의 눈부심, 살[肉]의 눈부심 살의 입구의 눈부심에
눈 감네

골짜기를 내보내는 산처럼
모로 누워 절망을 다스리던 날들 눈부시네
만개(滿開)한 거짓의 눈부심에
눈 감네

부는 바람을
불어오는 바람을 동여매는가?
뜰의 풀은 마르고

입술 새파라니 하고는
눈부심들을 동여매네

저 석양의 눈부심
수수하게 차려입고 가리려 하네

살의 눈부심 가리려 하네

한 소식

마당 밖에 잠언 한 구가 나무 그림자처럼 옮겨갑니다

풀이 돋아날 겁니다
아무도 보호하지 않겠으나 풀은 웃고
제 주권을 주장하지 않고 풀은 웃고
문 열어놓고 살 겁니다

그러나 아직 눈밭이고
여자를 업은 한 남자가 두사람 무게의 깊은
발자국을 남긴 것 말고는
아무것 없습니다

풀뿌리들이 소곤거리기 시작했으니
곧 발자국에서
흙이 올라올 겁니다

무거웠던 자국에서
가장 먼저 흙이 올라올 겁니다

조율사

나는 조율사
꽃 잃은 꽃받침
부재의 조율사
북서풍의 음률이
나의 피 나의 힘줄
정든 긴장
비애의 허벅지와
꽃을 적시는
나는 조율사
11월의 나뭇가지
오랜
부재를 감고 푸는
노을 곁
낮과 밤의
조율사

눈사람의 스러짐

나는 녹는다
먼 옛날의 말씀이 나를 녹인다
나를 만들던 손은 나를 떠난 즉시 나를 잊었을 것
나는 소리친다 소리친다
누구도 듣지 않으므로
발밑에서 질척인다 나의 외침은

나의 스러짐
이것이 무엇입니까? 외침은
오래된 종소리와 같다
종소리의 멀어짐과 같고
종소리의 반복과 같다
소리가 되다 남은 종과 같이 침울하고 어두컴컴하다

나의 외침이 마저 사라지기 전
나는 이렇게 더 뇌어본다
이것이 무엇입니까?
자유입니까?
보일러가 으르렁대는 밤

나는 낯선 수로를 걸어갔다

길눈

밤이 점점 길어지므로
길눈 어두워 흘러오는 별자리들만이 내 몫이다
그 어떤 애무도 없는 사랑들 이루어
여전히 세상을 기르고 있는
겨울 골짜기
바위 뒤의 바위 뒤의 바위 뒤로
나의 입맞춤의 주소를 옮기고
멸망이라고 불러보랴?
밤은 길어져 어느 하루는 모두 밤이리
길눈 어두운 내 눈에 흘러든 별자리들이
탄탄한 발짝 소리를 내며 메고 가리

밥때를 기다리며

얼굴 씻고 앉아 밥때를 기다린다
조반을 놓쳐 차고 뉘엿뉘엿해진 몸뚱이이지만
밥때를 기다리다니, 이런 비루한 시간이 있나
근엄한 표정으로 끼고 돌던 지식 나부랭이들 조롱하고
앉아
코 아래 짐승의 형형한 눈빛을 마주하니
비루한 정신이여 아궁이로 들어가는 목마여
정좌하고 신의 시간을 기다린다

동행

절(寺) 벽에 그림자가 둘
물병 나눠 마시고
동쪽 서쪽 가리키는 듯
하나 일어나 물소리 쪽으로 가니
끈으로 매인 듯
마저 일어나 따르는데

어느 단풍 아래
돌 쓸고 앉아
붉은 술을 나누리라
단풍에 덮이리라

물소리 수척하여
돌과 귀신들 귀를 열리라

어느 겨울날 오후에 내 발은

그날 이름은 몰라
그건 7일이어도 되고 12일이어도 상관없지
평범한 어느 하루 늦은 잠에서 깨었지
베란다 창에서 햇빛 한 자락 다가왔지
나는 그것도 모르고 책을 뒤적이고 있었지
한데 어느덧 햇빛 한 자락이 문득
내 발가락 하나를 물더군
아프지는 않았지 나는
놀라지도 않고 바라보았지 햇빛은 계속해서
내 발을 먹었지 발목까지 먹었지
나는 우는 대신 깔깔대고 웃었어
다행히 피는 나지 않았지
내 발을 먹고 햇빛은 사라졌지
그날 저녁부터 난 기우뚱거리며 걷게 되었지
그런데 아무도 모르더군 내가 왜 기우뚱거리는지
아니 기우뚱거리는 것조차 모르더군
내 한쪽 발은 햇빛으로 바뀌었거든
황금 웃음으로 바뀐 거거든
어느 겨울날 오후의 일이었지

다섯켤레의 양말

각색 양말을 빨아 방바닥에 널어놓고
나도 모르게 짝을 맞춰 그리해놓고
나는 그리해놓았다
전에는 없는 일이라 핸드폰으로 찍어놓고
나는 흐뭇하다

나의 디자인, 이 구성진 디자인
궁상각치랑 우 도레미 도레미
썰물에 낚시를 드리우고 내 낚시에 끝까지 걸려들지 않
던 어린 날
참으로 아름답던 다섯마리 물고기의 유영을
나의 방바닥에서 본다

그러나 오, 다섯켤레의 혀들
나는 내 혀가 지은 죄 때문에 내 혀를 끊을 용기는 없었다
내 혀는 나를 말하지 않을 때가 많았다
내 혀는 자주 나의 것이 아닌 것
내 손이 써나가는 문장을 차라리 내 혀라 말하고 싶지만
세상은 혀끝에서만 머문다

양말 다섯켤레가 각 다섯 방향으로 널려 있다
나의 혀와 살아온 날들의 교감들이
또 미래의 그림자 같은 족적들이
수십만석의 농업으로 나를 닦아세우고 있는
이 만다라의 순간이 나는 싫지만
꼼짝할 수 없고 염주를 꿰 돌리며
양말을 빨고 난 후의 그 땟국물이 혹
욕조 바닥 가장자리에 남아 있을 것을 염려한다
그것마저도 혀가 되리라

참으로 아름답던 다섯마리 물고기의 유영을
나의 방바닥에 풀어놓고도
나는 몸서리를 친다

바람과 대와 빛과 그릇

바람 소리

창의 대나무

기울면서 방이 일순

밝았다 어두워지니

그

사이

살아나는

구석의 도자기 흰 한 점

나도 몰래 가만히 일어나 앉아 다시

바람을 기다리니⋯⋯⋯⋯⋯⋯⋯⋯

나는

바람 족속이었고

대와 그릇과 일가였고

질그릇이 놓인 오후

가구들이
비스듬했다 모두가
조금씩 미끄러지다가 멈춘
표정, 어쩌다가
손에는 신발을 쥐고
이마 그늘이 맨발등에 수북이 앉고
질그릇이 하나 한켠에
놓인 오후

노랫소리 지나가듯
창변(窓邊), 마르는 가을날의 꽃들 꽃이파리들
헛기침 두엇 건네는 수밖에

어둑함 속으로 질그릇 하나
오래 스미고 있는
눈이 매운 노릇이여

제 3 부

고대(古代)에 가면

녹슨 솥 곁에서
古代

부엌문이 열리고
솥을 여는 소리

누굴까?

이내 천천히
솥뚜껑을 밀어 닫는 소리

벽 안에서
가랑잎 숨을 쉬며 누워
누군가? 하고 부를 수 없는 어미는

솥뚜껑이
열리고
닫히는
사이에
크고도 깊은 쓸쓸한 나라를 세웠으니

국경처럼 섰는 소년이여

아직 솥을 닫고 그 자리에 섰는 소년이여
벽 안의 엄마를 공손히 바라보던 허기여

그립고 그렇지 않은 소년이여
팔을 들어 두 눈을 훔치라

고대(古代)에서

얼굴엔 비가 온다
입술같이 아궁이에 불이 모여서 타고
아이를 낳아 기르던 처마의 바람 노래
소금 가마니를 지키라고 끝마치지 않는다

내세(來世)의 이야기를 슬어놓은 듯
흰 그릇에 그득하니 물 떠놓고
떠나온 그곳

고대(古代)에 가면

말 타고 가다가
순한 돌처럼 가라앉을래요

사랑을 면제받는 기도를
하늘빛 어느 소(沼)에 가서는 매일매일 씻기겠어요

말 길러 말 타고 가다가
열매를 면제받은 꽃으로 가벼이 떠내려갈래요

말 타고 가다가
물의 빛으로 갈아타겠어요

대장간을 지나며
古代

나에겐 쇠 뚜드리던 피가 있나보다
대장간 앞을 그냥 지나칠 수 없다

안쪽에 풀무가 쉬고 있다
불이 어머니처럼 졸고 있다
— 침침함은 미덕이니, 더 밝아지지 않기를

불을 모시던 풍습처럼
쓸모도 없는 호미를 하나 고르며
둘러보면,
고대의 고적한 말들 더듬더듬 걸려 있다

주문을 받는다 하니 나는 배포 크게
나라를 하나 부탁해볼까?
사랑을 하나 부탁해볼까?
아직은 젊고 맑은 신(神)이 사는 듯한 풀무 앞에서
꽃 속의 꿀벌처럼 혼자 웅얼거린다

검표원
古代

기차를 타면 검표를 한다
이게 당신의 자리가 맞느냐
도둑질한 자리가 아니냐 하는 검사
나는 주섬주섬 표를 내밀고는
여기 이 자리는 내 당당한 자리요
의심이 불쾌하오 하면서 창을 본다
밖의 어둠은 박수를 치며 발을 구르며 환한 밤기차를 찬
양하고
어둠을 미끄러져서 밤기차는 물 위로도, 하늘로도, 바다
로도,
바위 속으로도, 바위 같은 눈물 속으로도, 시든 꽃바구
니 속으로도 간다
간다
기차는 간다

기차는 간혹 울면서 간다
고도(古都)에 닿기까지
검표원이 다시 올까 나는 무섭고

햇소금
古代

마을 이장님으로부터, 신청한 김장용 햇소금을 받았다고
그것도 세포씩이나 받아
뒤껼 처마 밑에 작년 것의 후배로 나란히 쌓아두고
돌아나와 툇마루에 걸터앉아 쉬자는데
집 어디선가 조용한 흥얼거림이 시작되었다고
집 안에는 나 혼자뿐이니 귀 기울이지 않을 수가 없었지
잔잔한, 손바닥만 한 소리가
흰빛의 손수건과도 같이 자꾸만 내게 건너오는 거야
왜인지 나는 무섭지도 않았지
누가 시키지도 가르쳐주지도 않았으나 나는
차돌멩이 하나를 찾아 찬물에 씻어서는
그 새 소금 포대 위에 작년 것과 같이 올려두었지
그러자 흥얼거림도 잦아드는 거였어

그것은 어떤 영혼이었던 거
먼 고대로부터 온 흰 메아리
모든 선한 것들의 배후에 깔리는 투명 발자국

나는 명년에도 후년에도 이장님께 신청할 테야

그 희고 끝없는 메아리

우는 돌

바람을 데리고 개울가 돌밭을 걷다가 참한 돌멩이 하나
를 주워다 머리맡을 맡겼더니 밤새 개울 소리를 내며 울더
라고
　늙은 색골(色骨)처럼 울더라고
　주워 가슴에 올려놓으니
　골골 잠이 든다
　채식(菜食)처럼 동이 트고
　밤이 나가고
　나는 조그만 죄 하나를 녹인다

주워온 베개

머리가 뜨거워 찬 베개나 하나 구할까 하여 개울가를 헤매 끝에 언 돌멩이 하나를 주워다 베고 누웠느니 뒷목부터 서늘히 식으며 사색(思索)도 한 줄기 스며들어왔느니

물과 눈보라와 구름의 여러 부족, 피륙과 똥오줌과 정액이 없는 생(生)들이 날이 날마다 베고 자던 한 물건의 소식을 스르르 웃으며 받아보는 아침나절

뜨겁긴 뜨겁던 여자여 깃대여 나의 공부여

이 베개 속 방으로 가지 않으련?

이 베개 속 여법(如法)한 나라로 가지 않으련?

세한(歲寒)

소나무들이 늘어서서 외롭다
소나무는 연대하지 않는다
독자 노선의 소나무마다는
바람의 사업장이다
대장간이 되어 연장을 벼리다가
사나운 준마들을 키운다
나의 뺨은 얼어간다
늑골 아래 연인은 기침을 한다 바람은
재빨리 기침을 모아 갈밭 속에 뿌리고
지난 모든 계절의 왕국들이
찢겨 펄럭인다
이 비탄의 풍경 속에서
나는 천천히 걸어나왔고
그것은 오래전의 일이었다
술잔을 나누던 이 여럿 바뀌지 않았는가
술에 밤하늘의 빛들이 녹는다
술잔을 나누던 이들 늘어서서 외롭다

악기나 하나 들고

악기를 한가지 새로 배워야겠어
가뿐한 것으로 배워야겠어
혼을 닮은 것으로, 어깨 위 빛 같은 무게로
배워서 나는
비양도쯤에나 가야겠어
마당에 바다를 들였더군
파도 가장자리에 앉아 악기를 불어야지
소리 나지 않겠지
바다를 위한 거니까
마당에 들인 바다 속으로
나의 노래 가라앉고
바다에 들인 하늘이
나의 숨을 집어먹고
나는 온몸을 파랗게 펄럭여서
못 깨우친 사랑을
거기서 깨우칠 거야
악기를 하나 배워
비양도쯤에나 가야겠어
가슴에 바다를 들여야겠어

명년 봄

　파도는 순해지고 풀이 돋고 목덜미의 바람이 기껍고 여
자들의 종아리가 신나고 신입생의 노트에 새 각오가 반짝
이고 밥그릇과 국그릇 위로 오르는 김이 벅차고 앉은뱅이
가 일어나고 상처는 아물고 커피가 맛있고 입맛이 돌고 안
되던 드라이브가 되고 시인도 시인이 되고…… 시인도 다
시 시인이 되고 혁명이 오고

　봄,

나는 초록

차츰 입술이 둥글어지더니
빨간 혀가 낼름 나왔다가는 이내 숨고
입술과 양 볼이 초록, 이마에서도
나는 초록
나는 초록
나는 초록이라고 합니다
그러자 온 몸뚱이가 다 초록

말은 필요 없어
말과 마을과 길을
덮고 버리고 잊으며 초록은
산골짜기를 채우고 산허리를 더듬어 넘습니다

나는 초록……
이거 큰일입니다
내 입에서도 이 말이 터져나오고 말았습니다
내 몸뚱이 어디
찌든 간과 쓸개, 어느 심장 기슭에 숨었던 말인가
나는 초록……

이거 아주 큰일입니다

나는 초록,
초록 되어 해야 할 노래 많았고
초록 되어 품어야 할 눈동자 많았습니다

초록 속에 길은 여럿
방향도 갈래도 여럿
하늘로도 나뉘어 뚫려서
빛도 구름도 형제나 자매처럼
눈코입을 달고 너그럽고 넉넉합니다

저기 새가 한마리 와서 초록을 흔듭니다
먹이를 물었습니다
하나도 고단하지 않습니다

나는 초록이었고
첫눈이 오려는 어느 헐한 저녁
나는 초록

아이가 웃으며 초인종을 눌렀습니다

정육점

고기를 사러
정육점엘 가지
오늘 왔나보다
하늘에서 막 내려온 듯
천장에 매달려 뼈째 가슴을 벌린 팔등신
바닥엔 몇점 응고된 피, 고대의 회화를
휑한 눈으로 감상하지
이 허기 앞에서
누가 죄를 말하랴
무엇이 내생(來生)을 말하랴
피를 흘리며 내걸린 말과 침묵

허기는 뜨겁게 고기를 핥고
털 벗은 살과 기름이 내 허기를 문지른다
우수수 떨어지는 이파리들
우박떼와 발아래 살얼음의 무지개
행복의 폐허

피의 콧노래로 나를 부르는 정육점

나는 가을을 사듯
고기를 사지

고기는 두고
주머니에 손만 담지
낙엽을 차며 거리를 걷지

동지에

최원식 선생님 정년퇴임문집에 부쳐

짚던 지팡이도 잊고 나와
하시는 말씀
흰머리는 꽃시름 때문이라고*

추위 주문하여
말 더듬네

마른 꽃씨 서른근
묶어 둘러메고 내려와 산산이 흩어지네

* 신위(申緯) '아위화수백료두(我爲花愁白了頭)'

개두릅나물

개두릅나물을 데쳐서

활짝 뛰쳐나온 연둣빛을

서너해 묵은 된장에 적셔 먹노라니

새장가를 들어서

새 먹기와집 바깥채를

세 내어 얻어 들어가

삐걱이는 문소리나 조심하며

사는 듯하여라

앞산 모아 숨쉬며

사는 듯하여라

편서풍

큰돈 들여 새 기와집을 지어서 홀가분히 깨끗하게 살고 싶은 마음이었으나 큰누님이나 어머니나 봄부터 들깨 모종을 억척스레 심으시더니 내 그럴 줄 몰랐지 편서풍 오는 가을 비 온다고 내 맘 아랑곳없이 들깨 허리 베어 집 처마 아래에 둘러가며 펼쳐놓아 졸지에 집은 헐고 남부끄럽고 가난한 이의 것이 되었으니 나는 서글퍼진다 나는 서글퍼진다 이 풍경을 벗고자 한 나는 서글퍼진다 벗어버리고자 한 풍경이 유전처럼 나를 따라오고 있으니 나는 화가 치밀고 서글퍼진다

이후 오래 오래 오래 들깨 향은 온 집 안팎을 차지하고는 나를 달래는 것이었으나, 고상한 웃음이 나오도록 나를 달랠 모양이었으나

나는 들깨를 털고 빈 대궁들을 아궁이에 태우며 불의 소리와 춤들을 바라보며 비로소 하나의 풍경을 벗는데 다시 서글퍼진다 편서풍처럼 서글퍼진다 편서풍에 사위는 불처럼 서글퍼진다 하얀 재 된 풍경이 서글퍼진다

모과차를 만들며

모과를 자르면
서는 나라를 아시는지요
사다리로 가는 나라
푸근한 초석의 나라

모과를 자르면
목가구처럼 서는 나라를 아시는지요
백성들 모두 수건을 쓰고
목청이 낮은 나라

황혼이 가고
참았던 눈이 저녁을 메우고
작은 헛기침으로
친구를 부르던
나라

모과가
세운 나라의
문지기로서

어떤 숨은 시인이 오셨답니다
방명록을 받으며
그분은 오래 잊었던
시간도 만난답니다

보이지 않는, 심장으로 들어가는 그
둥긂의 나라를 아시는지요

모과를 자르는 일

모과를 자르려니 묵은
전적(典籍)을 펴는 일만 같다

모과차를 만든다지만
어디 먹나 보자, 빈처는 불평이 많지만 모르리
모르리
이 행위,
이 행위의 저편을

십여년 전
산(山)집 마당에 제법 자란
모과나무를 심은 일
몇해를 기다리다 체념한 일
그러나 생각난 듯 작년부터 모과가 달리기
시작한 일, 놀랍게도 크고 많이 열린,
남몰래 흐뭇하고 흥겨운 일
가방이 찢어지게 따 싣고 온 일
부엌칼로는 안되어 약재 써는 작두를
약령시에 나가 육만원이나 주고 사온 일

지금, 모과를 서걱서걱 자르는 일
눈 오는 날에 몇몇 나눌 명단을 꼽아보는 일
투명 작은 병들을 사러 가리
키 작은 기쁨을 사리

아무 일 아닌 일
아무 일 아닌 일을
누에처럼 먹어서 비단 고치를 짓고
숨으리
숨으리

모과를 자르는 일
글자 모를 전적을 넘기듯
눈이 오듯
아무 일 아닌 일

세탁기

우두커니
문 열린 세탁기야
때 묻은 하늘이나 넣을까
기다림이나 넣을까
커피나 한잔 내려 마시고
시골 빨래 서울 빨래
겨울 빨래나 넣을까

매일매일 덕을 쌓는 세탁기야
헤 입 벌린 바보야

천사야

봄아

악기점 자리

낭만조

눈발 속
문득 둘러보니
구시가의 악기점 터
더러 부끄러이 기웃대면
새 피가 생겨 돌고
생머리 끝에 빛이 치렁했던
그녀의 진홍색 스웨터 속 같던
유리관의 악기점

꽃도 꽃대도 다 허물어진 꽃밭
가장자리
바다가 생겨서 그만
데려가버린
로만악기점
눈발은 미처 못 가고 남아
우리들의 목덜미를 찾아들고

들어가보니 간이술집
침침히 앉아 취한 친구의 자꾸 쏟아지는 고개 뒤로

희미하게 웃는 소년 소녀

간재미찜을 시켜놓고
퍼런 소주병을 비틀어 따고
그날 낮의 백일장 심사를 되새겨보는데
나도 그 자리에 앉아 시를 쓰고 있었다
악기점을 생각하며 시를 쓰고 있었다

어머니 나도 악기가 하고 싶어요
어머니는 이름도 모르는 악기 바람의 악기

나의 시 나의 악기 나의 저녁

　나의 악기들, 첼로 전기기타 거문고 트럼펫 모두 책꽂이
위에서
　먼지에 젖고 있다 한번씩 두번씩 안아보던 악기들
　친구는 한때 숨어 지내던 연인의 방을 찾아보겠다며 비
틀비틀 문을 나섰다
　나는 또 새로 병마개를 비튼다

전쟁의 폐허 때도, 쿠데타가 있던 해에도
그 자리에 있었다던 로만악기점
우리들은 무너진 악기들 위에 함부로
술을 흘린다
이제는 논쟁도 싸움도 하지 않는다
어둡구나
어둡구나

더 어두운 데로 귀를 기울여
음악을 듣는다
별이 나올 것이다
뭇별들이 파도칠 것이다
귀에서 별이 쏟아질 것이다
뺨과 목덜미가 빛으로 낭자할 것이다
세상에 없는 악기*가 될 것이다

* 김종삼 「背音」. "나는 세상에 나오지 않은/악기를 가진 아이와/
손 쥐고 가고 있었나."

악기를 팔고
깁슨 레스폴

놀던 기타를 팔고
울었네

헐한 값이었으나
큰 가을을 샀네

빈집 기둥에 붙은
매미 껍질

노래를 벗고
침묵을 입네

악기상은 이제
망했네

정지한 메트로놈
만져보네

부스러진 꽃잎들이 발등 위에 떨어지네

발이 알록달록

놀던 악기들을 팔아
가을을 사네

놀던 악기들을
가을이 사가네

카메라를 팔고

leica m6

놀던 카메라를 팔고
눈이 멀었네
내 푸른 피의 사치였던 물건

첫아이의 똥 누는 표정을, 그 동생의 부러진 앞니의 웃
음을,
그 에미의 아직 밝던 고단을 찍던

설렘의 여닫이문
셔터 소리는 아직 귀에 남아 진주가 되네

이제 가까운 사물은 흐리고 흐리니
가까운 일은 모두 물기에 젖었네
먼 데를 자주 보네

카메라를 건네고 나오니 내
눈은 이민자가 되었네

국적이 여럿인 몸으로

밤바람 속을 가네

더덕을 노래함

일생 누더기 한벌
한나절이나 잡다가 나온 이족(異族)
고구려 이전 성(姓)을 잃고 대대손손
아나키스트 그저 어느
골짜구니의 타고난 소설가로서
격세로는 시도 좀 짓고 하여
향리의 문벌을 이룬 가문
하나 매해 한탄하는 것은
그 맏이 놈의 말

"나는 봄 지나면 장인 장모나 유한 집구석의
처가살이나 가려네
나는 봄 지나면 향기나 좀 팔아서
처가살이나 가려네"

더덕순 더덕향
더덕순 더덕향

고양이가 다니는 길

조용하여라
다정하여라
위태로워라

어긋나지 않고
침잠의 때에만 가만히 열리는
고양이가 다니는 길

말을 들어보니
사랑이 그러하네
먼 허공에만 빛 띄운 어둠의 길
가랑비와 함께 다니는 길
절벽과 노니는 길
격렬한 고요의 길

어긋나지 않고
따스하게 숨은
고양이가 다니는 길

봄 손님

단골 침 맞는 집, 앞 못 보는 침술사님께서는 꽃철이니
꽃구경도 많이 다니시라 인사하시네

목이 쉰 손님은 그만 문득 봄 손님을 맞고 말았네
아니할 수가 없어 저녁 내내 새 손님과 술잔 나누네

먼 길 온 손님이니 다리 하나 정도는 가슴에 얹어
무게를 칭찬해줄 만하지

봄 손님

가을의 서정
요양원

어쩌면 그것은 커다란
가을의 이야기
높아진 하늘의 낮과 밤의 색채에 대하여
저녁과 새벽의 비밀스러운 소리들,
새와 곤충들의 화음
혹은 반짝임에 대하여 사색하던
아주 서정적인 이야기

크나큰 눈동자, 고요하던 눈동자는 지금 파동이다
침침한 발작 소리가 수시로 눈자위 가장자리를 걷는다
커다란 이빨 세개가 입술 위에서 서글픈 혀에 이리저리
움직이며
가을날의 짓궂은 기상을 덜거덕거린다
추수가 끝난 창 너머 들판
당장 눈보라가 친들 우연히
걷던 어떤 이의 걸음걸이나 좀 재촉할까?
아무것도 문제 될 것은 없다

입안 가득 단단하던 이빨들

까닭을 질문하고 답을 들을 사이도 없이 흐지부지 흩어
졌다
밥을 씹어 뱉어
먹이던 아이도 있었던가 무르팍이 저리다

오래된, 아주아주 오래된
발톱 같은 질문이 있었으나
답은, 지금 삼킬 수 없는 침이 되어 천천히
턱을 타고 흘러내려간다

어느 저녁 면회객의 옷소매에 매달려 들어왔는지 모른다
풍뎅이 한마리가 매우 회고적인 소리를 내며 어른거렸다
밤에는 침대 뒤편에서 잉잉대던 풍뎅이
방충망을 붙잡고 먼 곳을 향하여 울부짖던
등에 못 자국 가득한 풍뎅이 한마리*

바닥에
뒤집혀
가끔

아주 가끔
늦은 가을처럼
발을 움직인다

* 김영승 「반성」에서.

탁구장

심야
두송이의 불꽃

잉잉대는
교합

몰려오는 안개
빛나는 돌고래떼

그러나
엣지

오후 세시의 나무

오후 세시의 나무
11월 어느날 오후 세시의 나무
영예롭던 이름 다 털어버리고
서 있는 비탈의 나무, 나무
나의 자화상, 아무개의 자화상
시간의 뼈, 세상에서 배운 모든
노래의 자화상 거만한
점쟁이들의 자화상

아프지 마
아프지 마
스치는 서글픈 바람
곧 어둠이 묶어 데려갈
그림자 긴 11월 오후 세시의 나무

차를 마시다니
4·16

차를 마시다니
꽃이 피다니

목구멍으로 무엇을 넘기다니
꽃을 보다니

해변을, 파도 끝을, 신 벗어들고 걷다니
웃음까지도 생기다니
배가 고프다니……

분노여 입을 벌려라
바다를 넣겠다
쏟아넣겠다

분노여
변덕이 심한 짐승이여
바다를 모두 먹어라

바다여, 분노의 이름으로 영원히 철썩여라

하늘에 있는 것

아이의 말간 숟가락이 이제 보니
하늘에 가 떠 있네
닳아 떠 있네

숨 불어 밥 떠먹이던 피리 같던 여인
소매 당겨 입 닦아주던 피리 같던 여인도
밤하늘에 가 숨구멍 하나씩에 빛 넣어 떠 있네

오늘밤 우리들의 음정은
일정치 않네

바쁘게 신 꿰고 어둠 곁으로 가네

쑥대를 뽑고 나서

늦여름은, 스무여해 만에 뵌 고모나
고모집 돌담에 기댄 무화과나무나 그런
이름으로 불러도 될 성싶다
빈 절 마당을 그렇게 불러도 되듯이

가장자리, 마당 가장자리
제 족속 집성촌을 빠져나온 쑥대를 뽑아내니
흙도 한무더기 무겁게 딸려나온다
슬펐다

손 씻기 전 손바닥의 쑥내를
오래 맡는다

아이, 철학자, 고대인

신형철

무위를 행위하다

내 이십대의 어느 한두해 정도는 장석남을 흉내 낸 시를 적어보며 지냈다. 강의실에서는 이상이나 김수영에 대한 리포트를 발표해도 집에 돌아와 시 비슷한 것을 적을 때면 이상하게도 내 문장은 장석남의 그것을 닮아갔다. 나는 용감하지도 예리하지도 자유롭지도 못한 사람이었기 때문에 그 대신 섬세한 사람이 되고 싶었던 모양이다. 당시의 내게는 장석남의 문장이 세상에서 가장 섬세한 발명품 중 하나로 보였다. 그래서 그의 문장을 흉내 내면, 용감하지도 예리하지도 자유롭지도 못한 나에 대한 흉한 연민을 숨기면서 동시에 드러낼 수 있겠다 여긴 것이다. 비록 그를 오용하거나 남용한 것이었기는 해도, 그 무렵 형성된 근본 감성은 잘 바뀌지 않는다는 것을 실감한다. 그를 읽을 만큼 읽었다 싶다가도 오랜만에 읽으면 어김없이 또 내가 반응한다. 이번 시집 맨 앞의 두편부터 그러했다.

소매 끝으로 나비를 날리며 걸어갔지
바위 살림에 귀화(歸化)를 청해보다 돌아왔지
답은 더디고
아래위 옷깃마다 묻은 초록은 무거워 쉬엄쉬엄 왔지
푸른 바위에 허기져 돌아왔지
답은 더디고

—「소풍」 전문

그의 시는 자주 이렇다. 뜬금없이 뭘 자꾸 해보려고 하는 데에서 일이 시작된다. 그게 잘돼서 흐뭇했다고 하고, 반대로 잘 안돼서 섭섭했다고 하고, 그런다. 이 시에서는 소풍을 가겠다고 나섰다. "소매 끝으로 나비를 날리며 걸어갔"으니 우아하고 호기로운 출발이다. 그는 오래전부터 돌이 그렇게나 좋다고 시에다 자주 말해왔는데, 아예 바위들의 생애 속으로 "귀화" 신청을 해보고 싶었던 모양이다. 답을 듣지는 못했다. 바위에 "허기"만 지고 "초록"만 잔뜩 묻혀서 돌아왔다는 것이다. 그래서 그것이 섭섭했다는 것인지 꼭 그렇지만은 않았다는 것인지 모호하고, 소풍을 갔는데 뜻밖에 그랬다는 얘기인지 소풍이 본래 그런 것이라는 얘기인지도 모를 일이지만, 이 불확실성은 결국 아득

하다.

  이런 시를 읽으면, 혹시 이름을 가렸다 해도, 또 단박에
는 아니더라도, 결국 장석남을 떠올리게 된다. '바위 살림
으로의 귀화'라는 발상이 멀게는 첫 시집의 '새떼들에게
로의 망명'에까지 이어져 있는 것인 줄을 알아본다면 그
짐작은 더 수월해진다. 3행과 6행에 툭 던져놓은 "답은 더
디고"가 이 시의 포인트라는 것은 말할 필요도 없다. 미당
(未堂)이 "님은/주무시고," 하고 툭 던져놓고 "나는/그의
벼갯모에/하이얗게 수(繡)놓여 날으는/한마리의 학(鶴)이
다." 하고 이어갈 때의 그 느낌이다.[1] 미당의 수사학에서
노회함을 좀 빼내고 나면 장석남의 그것이 된다. 이것도
선입견인가 싶기는 하지만, 미당은 천진하게 말할 때에도
좀 음흉해 보이는데, 장석남은 어른인 척 말할 때에도 아
이 같은 데가 있다. 다음 시에서도 그는 또 뭘 그리 해보려
고 한다.

    나는 긴 비문(碑文)을 쓰려 해, 읽으면
    갈잎 소리 나는 말로 쓰려 해
    사나운 눈보라가 읽느라 지쳐 비스듬하도록,

───────────────
1) 서정주 「님은 주무시고」, 『동천』(1968), 『미당 시전집 1』, 민음사
  1994. 미당과의 비교는 예전에 시도해본 적이 있다. 졸고 「감춤을
  드러내고 드러냄을 감추는 일—장석남의 시」, 『몰락의 에티카』,
  문학동네 2008 참조.

굶어 쓰러져 잠들도록,
긴 행장(行狀)을 남기려 해
사철 바람이 오가며 외울 거야
마침내는 전문을 모두 제 살에 옮겨 새기고 춤출 거야

꽃으로 낯을 씻고 나와 나는 매해 봄내 비문을 읽을
거야
미나리를 먹고 나와 읽을 거야

나는 가장 단단한 돌을 골라 나를 새기려 해
꽃 흔한 철을 골라 꽃을 문질러 새기려 해
이웃의 남는 웃음이나 빌려다가 펼쳐 새기려 해
나는 나를 그렇게 기릴 거야
그렇게라도 기릴 거야

—「불멸」 전문

　제목도 '불멸'인데다가 제 무덤에 스스로 비문을 새기
겠다는 내용이니 그 욕심이 좀 징그럽게 느껴질 법도 한데
전혀 그렇지가 않다. 어떤 글을 새길 것인지, 또 어떻게 읽
을 것인지를 꾸며주는 다채로운 설명들이 가쁘게 다가서
면서, 이것이 세속적인 욕심과 얼마나 무관한 것인지를 잘
말해주기 때문이다. 그래서 새기고 읽겠다는 욕심을 강하
게 피력하면 할수록 점점 더 탈속과 무욕의 세계로 넘어가

는 아름다운 역효과가 발생한다. 1연도 화려하지만 특히 2연이 그렇다. "꽃으로 낯을 씻고 나와" 혹은 "미나리를 먹고 나와" 비문을 읽겠다는 말투는 애초 별개인 일들 사이에 무슨 관련이나 있다는 듯이 말하길 좋아하는 그의 버릇이다. 무의미해질수록 아름다워지는, 그런 의례 아닌 의례들이 즉흥적으로 수립되는 순간이다.

장석남의 시를 보면 시인에게 누군가를 가르치려는 의지가 없다는 것은 하나의 재능이라는 사실을 알게 된다. '소풍'을 떠나도 깨달음 없이 돌아와서 좋고, '불멸'에 대해서도 저를 반성하지 않아서 좋다. (그래야 오히려 깨달음도 반성도 발생한다.) 뜬금없이 뭘 해보려고 하는 데에서 그의 시가 시작된다고 앞서 말했는데, 애초에 그렇게 '문득' 혹은 '그냥' 무슨 일인가를 시작하니 그럴 수 있는 것이다.[2] 아름다움을 관조할 때 우리는 "순수한 무관심적 만족"(칸트)을 얻는 중이라고 했던가. 거꾸로, 무관심한 행위들이야말로 아름답다고 하면 말이 안되는 것일까. 그가 벌이는 일들이 그렇게 '관심'이라고는 없는 일이다. 모닥불을 피우는 일도(「모닥불」), 밤과 낮을 수집하는 일도

[2] 시인의 일이 그렇게 '아무 일'도 아니면서 동시에 '무슨 일'이기도 해야 한다는 것은 누구보다 시인 자신이 잘 알고 있는 터다. "무위를 넘어가는 행위" "행위를 넘어가는 무위"(「시인은」, 『미소는, 어디로 가시려는가』, 문학과지성사 2005)라는 표현이 뜻하는 바가 그것이었으리라.

(「수집가」) 다 그런 식이다. 이런 것이 바로 장석남스러운, 장석남적인 것이다.

한 소식 하다

이번 시집을 읽으면서 장석남은 여전히 장석남이되 그의 시가 철학적인 깊이를 더해가고 있다는 사실도 깨닫는다. '철학적인'이라는 말은 너무 허술하고, 모더니즘의 애매성과 선적(禪的)인 깊이가 결합된 스타일이라고 해도 좋을지 모르겠다. 깨달음을 뜻하는 선가(禪家)의 관용어 '한소식'을 제목으로 얹어둔 2부가 특히 그렇다. 그중에는 애매한 그 깊이 속으로 시인이 홀로 깊숙이 들어가버린 것처럼 보이는 시도 몇편 있어서 나 같은 우둔한 독자를 좀 머쓱하게도 하지만, 균형을 잘 잡은 여러편의 수작은 역시나 현재의 그만이 쓸 수 있는 것임을 인정하지 않을 수 없다. 「눈사람의 스러짐」 같은 시는 명철함을 유지하면서도 명상적 깊이를 거느린다는 점에서 (위에서 말한 의미에서 '철학적인' 시인인) 월러스 스티븐즈의 「눈사람」[3]과 나란히 놓아도 어색하지 않을 것이다.

---

3) 국역으로는 『가지 않은 길』, 손혜숙 엮고 옮김, 창비 2014 참조.

나는 녹는다
먼 옛날의 말씀이 나를 녹인다
나를 만들던 손은 나를 떠난 즉시 나를 잊었을 것
나는 소리친다 소리친다
누구도 듣지 않으므로
발밑에서 질척인다 나의 외침은

나의 스러짐
이것이 무엇입니까? 외침은
오래된 종소리와 같다
종소리의 멀어짐과 같고
종소리의 반복과 같다
소리가 되다 남은 종과 같이 침울하고 어두컴컴하다

나의 외침이 마저 사라지기 전
나는 이렇게 더 뇌어본다
이것이 무엇입니까?
자유입니까?
보일러가 으르렁대는 밤
나는 낯선 수로를 걸어갔다

— 「눈사람의 스러짐」 전문

누군가가 만든 눈사람이지만 그것은 저 혼자 녹는다. 시

인은 "먼 옛날의 말씀"이 눈을 녹인다고 적었는데, 로고
스 즉 신의 말 혹은 자연의 이치쯤을 그렇게 말한 것이 아
닌지 겨우 짐작한다. 그런데 눈사람이 녹으면서 자꾸 외친
다. "이것이 무엇입니까?" 이 외침이 좀 사무친다. 도대체
내게 일어나는 이 일을 어떻게 이해해야 하는가 하고 신을
향해 외치는 사람의 말처럼 들린다. 거기에 "자유입니까?"
까지 덧붙으니, '자유는 곧 저주'라는 저 오래된 실존주의
의 명제도 생각나는 것이다. 아무도 듣지 않는 말을 "오래
된 종소리"처럼 외롭게 외치던 눈사람은 시의 말미에서
이제 '사람'도 아니고 '눈'조차 아닌 것이 되어 수로(水路)
를 따라 흘러간다. 태어나서, 외치다, 녹는다. 급기야 나는
눈사람이 사람을 닮은 것이 아니라 사람이 눈사람을 닮은
것이라는 생각에 이른다.[4] 이와는 달리 다음 시는 깊되 환
한 변신담이다.

    그날 이름은 몰라

---

4) 이 시와 함께 발표된 다음 시작 메모를 짐짓 무시하고 나대로의 해
   석을 시도했으니 시인의 말도 함께 적어두어야 공정하겠다. "자
   유는 삶의 가장 큰 화두가 아니던가. 누구나 그러한 것은 아닌 모
   양이지만 최소 문학 혹은 종교에서는 그러하리라. 자유의 소박
   한 다른 개념은 바뀐다는 것, 벗어남인데…… 하, 눈사람의 스러짐
   을 보면서 스러짐 후의 것이 혹 자유가 아닐까 하는 질문이 왔다."
   『발견』 2015년 봄호, 45면.

그건 7일이어도 되고 12일이어도 상관없지
평범한 어느 하루 늦은 잠에서 깨었지
베란다 창에서 햇빛 한 자락 다가왔지
나는 그것도 모르고 책을 뒤적이고 있었지
한데 어느덧 햇빛 한 자락이 문득
내 발가락 하나를 물더군
아프지는 않았지 나는
놀라지도 않고 바라보았지 햇빛은 계속해서
내 발을 먹었지 발목까지 먹었지
나는 우는 대신 깔깔대고 웃었어
다행히 피는 나지 않았지
내 발을 먹고 햇빛은 사라졌지
그날 저녁부터 난 기우뚱거리며 걷게 되었지
그런데 아무도 모르더군 내가 왜 기우뚱거리는지
아니 기우뚱거리는 것조차 모르더군
내 한쪽 발은 햇빛으로 바뀌었거든
황금 웃음으로 바뀐 거거든
어느 겨울날 오후의 일이었지
　　　　　　　—「어느 겨울날 오후에 내 발은」 전문

　나는 일말의 유보도 없이 감탄한다. 쉬운 문장들이 차근
차근 모여 전체가 깊어지는 좋은 사례다. 어느날 햇빛이
내 발을 먹어치우기 시작했다. 그런데 아프지도 놀랍지도

않았다는 것이고, 그래서 그냥 내버려두었다는 것이다. 햇빛이 "발목까지" 먹었고 그때 자신은 "웃었"다고 말할 때는 김수영의 풀들을 떠올리게도 되는데, 아닌 게 아니라 「풀」이 그렇듯이 이 시도 어떤 사건의 체험과 존재의 전환을 말하는 것처럼 보인다. 마치 꿈의 한 장면처럼도 보여서 하는 말인데, 이것은 (좀 이상한 말이지만) '행복한 거세'에 대한 꿈 같기도 하다. 그러나 잘린 자리를 햇빛이 채웠고 이를 "황금 웃음"이라고도 했으니, 이 환상적인 변신이 시인에게 어떤 뿌듯한 의미를 갖는지는 의문으로 남는다. 물론 이런 매혹적인 애매함이 시 내부에 넓은 사유의 공간을 열 수 있다는 것은 두말할 나위가 없다.

바로 이어지는 시 「다섯켤레의 양말」도 품이 넓다. 양말을 빨았고 그것을 바닥에 널어놓았다. "나도 모르게 짝을 맞춰 그리해놓고/나는 그리해놓았다." 마치 실수처럼 보이는 절묘한 반복이다. 앞의 "그리해놓고"가 그야말로 "나도 모르게" 해버린 일이라는 뜻이라면, 뒤의 "그리해놓았다"는 제가 한 일에 대해 아이 같은 흡족함을 드러내기 위한 것이다. 다섯켤레의 다양한 색 양말을 그렇게 짝을 맞춰 나란히 늘어놓으니 그럴듯해 보였던 것이다. "전에는 없는 일이라 핸드폰으로 찍어놓고/나는 흐뭇하다." 그러고 보니 양말이 물고기들 같고, 어린 시절 못 낚은 물고기가 여기 있구나 싶어지기도 한다. 여기까지는 전형적인 장석남 풍의 시작이다. 그런데 3연에서 뜻밖의 전환이 일어

난다.

　그러나 오, 다섯켤레의 혀들
　나는 내 혀가 지은 죄 때문에 내 혀를 끊을 용기는 없
었다
　내 혀는 나를 말하지 않을 때가 많았다
　내 혀는 자주 나의 것이 아닌 것
　내 손이 써나가는 문장을 차라리 내 혀라 말하고 싶지
만
　세상은 혀끝에서만 머문다

　양말 다섯켤레가 각 다섯 방향으로 널려 있다
　나의 혀와 살아온 날들의 교감들이
　또 미래의 그림자 같은 족적들이
　수십만석의 농업으로 나를 닦아세우고 있는
　이 만다라의 순간이 나는 싫지만
　꼼짝할 수 없고 염주를 꿰 돌리며
　양말을 빨고 난 후의 그 땟국물이 혹
　욕조 바닥 가장자리에 남아 있을 것을 염려한다
　그것마저도 혀가 되리라

　참으로 아름답던 다섯마리 물고기의 유영을
　나의 방바닥에 풀어놓고도

나는 몸서리를 친다

—「다섯켤레의 양말」 부분

양말이 '물고기'가 되어 좋았는데 그게 또 '혀'가 되어
버렸다. 다섯켤레 색색의 혀가 다섯 방향으로 골고루 뻗어
있는 모양이 "만다라"를 연상케 했고, 하여 마치 전생과
후생을 생각하듯, 그가 '살아온 혀'와 '살아갈 혀'를 한꺼
번에 생각나게 했다. 누구도 제 혀를 꺼내놓고 볼 수 없으
니 뜻밖에도 지금 그런 일을 겪고 있는 이 사람의 심사는
착잡하리라. 그간 "혀가 지은 죄"를 생각하면 "혀를 끊을
용기"는 차마 없어도 갑자기 "염주"를 돌리고 싶을 정도로
마음의 염려는 커진다. 좀 전에 양말을 빨면서 남긴 "땟국
물"까지도 최신의 "죄"로 느껴지는 그런 마음이 되어버리
는 것이다. 스러져가는 눈사람, 어느 오후의 햇빛, 방바닥
에 늘어놓은 양말…… 어디에서든 '한 소식' 할 여지가 있
음은 알려주되 정색하고 깨달았노라 말하지 않으니 그의
시에는 언제고 반감이 품어지지 않는다.

고대(古代)를 살다

여느 시인들처럼 그도 같은 소재로 여러편의 시를 쓴다.
'배호'나 '수묵(水墨)정원'처럼 연작으로까지 발전한 경

우도 있지만, 대표작으로 꼽히는 「배를 밀며」 「배를 매며」 「마당에 배를 매다」(『왼쪽 가슴 아래께에 온 통증』, 창작과비평사 2001)의 경우가 그렇듯이 삼면화(三面畵)처럼 세편 정도로 유감없이 완성되는 경우도 있다. 이번 시집에서도 몇몇 소재들이 이 시인에게 오래 머물러 여러편의 시를 뽑아내게 했다. '꽃' '문' '악기' 등인데 예전부터 장석남의 시에서 빈번하게 또 중요하게 등장하는 것들이기도 해서 언급하기 새삼스럽다. 그런데 특별히 눈에 띄는 것이 있으니, 3부 전반부에 모여 있는, '고대(古代)'라는 제목/부제가 붙은 시들이다. 지난 두권의 시집을 참고하지 않으면 맥락을 온전히 이해할 수 없을 것 같아서 복습을 좀 해보려고 한다.

천정이 꺼멓게 그을린 부엌 찬 부뚜막에 수십년을 앉
아서 나는
　　고구려 사람처럼 현무도 그리고 주작도 그린다
　　그건 문자로는 기록될 수 없는 서른 사랑이다
　　그것이 나의 소박하기 그지없는 학설
　　아무도 모를 것이다 나는 아직도 그것을 시(詩)로 알
고 그리고 있다
　　　　　　　　　　　　　　─「부뚜막」(『뺨에 서쪽을 빛내다』, 창비 2010) 부분

꽤 오래전의 작품이지만 여기까지는 거슬러올라가야 할 것 같다. 생략한 앞부분에서 화자는 부뚜막에 앉아 무

쇠솥 안에 든 감자를 울컥대며 먹던 때를 떠올리고, 아궁이 앞에 밤늦도록 앉아 있던 어머니를 떠올린다. 그리고 위에서 인용한 대목에 이르러 여태 자신의 시 쓰기란 그 부뚜막을 벗어나지 않는 일이었다고 고백한다. 거기 그대로 앉아 지금까지 수십년을 "문자로는 기록될 수 없는 서룬 사랑"을 그려왔을 뿐이라고, 그 일은 고구려인들이 말로 표현하기 힘든 것을 '현무'나 '주작' 같은 상상의 신으로 그린 것과 다르지 않다고. 시론시라고 할 만한 사례인데, 이처럼 그가 자신의 뿌리를 고대로까지 찾아갔다는 점이 이제 와 보면 의미심장하다. 이때부터 그는 자기 안의 고대를 느꼈던 것일까. 이 시가 도화선이 되었는지, 그다음 시집에는 아예 '고대'라는 제목의 시가 실렸다.

밥을 해먹기 시작하는 방이 있다
잠만 자던 방에서
기명들이 하나씩 모이고
솥에 마침내 쌀을 안쳐
밥을 끓인다

건건이를 벌려놓고 밥을 뜬다
숟가락 소리가 난다
젓가락 소리가 난다
고대(古代)처럼

밥 냄새가 나기 시작하는 방이 있다
잠만 자던 방에서
통곡이 시작되는 방으로
가을이 온다
—「고대(古代)」(『고요는 도망가지 말아라』, 문학동네 2012) 전문

이 시가 「부뚜막」을 잇고 있다는 것은 확실해 보인다.
「부뚜막」에서는 부뚜막에 앉아 삶은 감자를 먹을 때의 그
서룬 사랑이라면 고대인들도 똑같이 경험했을 것이라는
그 짐작과 더불어 고대인으로부터 시인에게까지 보이지
않는 선이 길게 이어졌었다. 먹는 일은 서럽고 애틋한 일
이며, 그럴 때 우리 역시 고대인이 된다는 것.「고대」에서
도 "잠만 자던 방"이 "밥을 해먹기 시작하는 방"으로 바뀌
는 일이 시인에게는 그토록 결정적인 변화로 간주되는데,
바로 그때 "고대처럼"이라는 말이 슬쩍 나오는 것이다. 이
시집을 출간한 뒤 그가 가장 먼저 발표한 신작이 「고대에
가면」과 「고대에서」였다. 그 무렵 드디어 '고대'라는 화두
를 그다음 시집(즉, 이번 시집)의 주도 동기로 밀고 나갈
준비를 마친 셈이었으리라. 그후 '고대'라는 부제를 붙인
시를 여럿 발표했고, 도합 여섯편을 이번 시집 3부에 모아
놓았다. 그 첫 시다.

부엌문이 열리고
솥을 여는 소리

누굴까?

이내 천천히
솥뚜껑을 밀어 닫는 소리

벽 안에서
가랑잎 숨을 쉬며 누워
누군가? 하고 부를 수 없는 어미는

솥뚜껑이
열리고
닫히는
사이에
크고도 깊은 쓸쓸한 나라를 세웠으니

국경처럼 섰는 소년이여
아직 솥을 닫고 그 자리에 섰는 소년이여
벽 안의 엄마를 공손히 바라보던 허기여

그립고 그렇지 않은 소년이여

팔을 들어 두 눈을 훔치라

—「녹슨 솥 곁에서-古代」 전문

여섯편 중에 이 시를 3부 맨 앞에 놓아둔 이유를 이제는
알 듯하다. 「부뚜막」과 「고대」를 거쳐 「녹슨 솥 곁에서」로
이어지는 3부작의 3부라는 뜻이리라. 세편 모두 '솥'이라
는 이미지로 연결되고 그 주변에서 '현대 안의 고대'가 열
린다. 이 아름다운 시는 또다시 유년의 그 부뚜막으로 우
리를 데려가려고 한다. 어미 몰래 뭘 먹으려 솥뚜껑을 열
었는데 안이 비어 있어 슬그머니 닫는다. 가난해서 슬픈
집의 모자가 벽을 사이에 두고는 서로의 속내를 이미 다
짐작하느라 지쳐 있다. "그립고 그렇지 않은 소년이여"라
고 했으니 이 소년은 시인 자신이 맞을 것이다. 소년 시절
이야 그리워도 그날의 슬픔까지 그립지는 않을 테니까. 큰
붓질로 쓱쓱 그린 그림인데 흰 여백에 먹이 스미듯 할 말
은 다 한 시다. 아래 두편은 '고대' 연작 중에서도 고대와
현대의 연결 지점이 반짝이는 사례다.

불을 모시던 풍습처럼
쓸모도 없는 호미를 하나 고르며
둘러보면,
고대의 고적한 말들 더듬더듬 걸려 있다

주문을 받는다 하니 나는 배포 크게
나라를 하나 부탁해볼까?
사랑을 하나 부탁해볼까?
아직은 젊고 맑은 신(神)이 사는 듯한 풀무 앞에서
꽃 속의 꿀벌처럼 혼자 웅얼거린다
　　　　　　　　　　　　　　—「대장간을 지나며-古代」부분

그것은 어떤 영혼이었던 거
먼 고대로부터 온 흰 메아리
모든 선한 것들의 배후에 깔리는 투명 발자국

나는 명년에도 후년에도 이장님께 신청할 테야
그 희고 끝없는 메아리
　　　　　　　　　　　　　　—「햇소금-古代」부분

　그는 이제 거의 고대인이 되었다. 부뚜막과 솥뚜껑이 없는 곳에서도 문득 고대를 산다. 대장간에 가면 그 옛날 고대인의 피가 제 안에서 꿈틀거리는 것 같고, 햇소금을 들여다보고 있으면 거기서 고대로부터의 메아리가 울려나오는 것이 들린다. 생각해보면 놀라운 일이다. 포스트휴먼이 운위되는 시대에 이런 뜻밖의 고대인이 우리 곁에 있다는 것은 말이다. 그가 이런 존재가 된 것은 아마도 가장 근

112

원적인 인간, 가장 인간적인 인간, 가장 아름다운 인간이란 어떤 모습일지를 생각해보라는 뜻일 것이라고 나는 받아들인다. 자, 아이처럼 무관심한 관심이 벌이는 일들의 아름다움을 보았고, 그 안에서 한 소식 하기도 하는 시인이 비밀스럽게 들려주는 이야기에 골똘해져도 보았으며, 급기야 이렇게 지금 여기에서 먼 고대를 살아가는 인간의 모습을 보기도 했으니, 다만 이것들로 이번 시집의 불빛 몇 점을 웬만큼은 수습한 것이기를 바랄 따름이다.

申亨澈 | 문학평론가

여기 문자들 아래의 숨죽임들을 들여다본다.
미처 담지 못해 엎질러진 가엾은 것들.

모순,
수많은 모순 속을 왔다.
사랑이 그렇고 사는 일이 그랬다.
눈보라 같았다.

말이 생기기 이전의 저 고대(古代)의 융융한 세계를 꿈
꾸어본다.
삶이 덜 모순적이었으리라.
훨씬 넓었으리라.

다시 한살씩 어려지기로 하자.
말 배우지 않은 어린아이에게로 가자.
그저 울음으로만 말하는……

울음 공부 덜 된 이 말들을
또 내보내니

아직 멀었어라.

그 나라까지는……

2017년 11월

장석남

창비시선 417

꽃 밟을 일을 근심하다

초판 1쇄 발행／2017년 12월 8일
초판 8쇄 발행／2024년 12월 31일

지은이／장석남
펴낸이／염종선
책임편집／이선엽
조판／황숙화
펴낸곳／(주)창비
등록／1986년 8월 5일 제85호
주소／10881 경기도 파주시 회동길 184
전화／031-955-3333
팩시밀리／영업 031-955-3399 편집 031-955-3400
홈페이지／www.changbi.com
전자우편／lit@changbi.com

ⓒ 장석남 2017
ISBN 978-89-364-2417-6 03810

＊이 책은 2016년 한양여자대학교 교내연구비 지원을 받아
  발간되었습니다.
＊이 책 내용의 전부 또는 일부를 재사용하려면
  반드시 저작권자와 창비 양측의 동의를 받아야 합니다.
＊책값은 뒤표지에 표시되어 있습니다.